QUELQUES EXTRAITS

DU

ROMAN D'ABLADANE,

PUBLIÉS

Par M. H. DUSEVEL,

MEMBRE DE LA SOCIÉTÉ DES ANTIQUAIRES DE FRANCE.

AMIENS,

TYPOGRAPHIE DE LENOEL-HEROUART,

RUE DES RABUISSONS, 10.

1858.

QUELQUES EXTRAITS

DU

ROMAN D'ABLADANE.

Pendant longtemps on a regardé, à tort, Richard de Fournival, chancelier de l'église d'Amiens, comme l'auteur de cet étrange roman. On en a aussi donné une analyse qui n'est pas toujours fidèle. Nous allons essayer de faire mieux connaître cette œuvre d'un écrivain du XIIIᵉ siècle, dont malheureusement on ignore le nom, mais qui semble, par ses fréquentes citations des places et des monuments d'Amiens, indiquer qu'il habitait cette ville, s'il n'y avait reçu le jour.

Le préambule du *Roman d'Abladane* justifie complètement l'assertion de M. Paulin-Paris, notre savant confrère du *Comité des Travaux Historiques*, telle que l'on aurait fort mal à propos attribué ce roman à Richard de Fournival ; il n'en était pas même le traducteur, comme l'a avancé le P. Daire (1) ; seulement il a coopéré à sa traduction, ainsi que l'on peut également le voir par ce préambule, dont voici au reste les termes :

« Or, escoutes come li boins clers maistre Richart de

---

(1) *Histoire littéraire de la ville d'Amiens*, in-4ᵒ. Paris, 1782, page 420.

Abl.   1

Fournival, chancelier de l'église Nostre-Dame d'Amiens, et li autre maistre qui à ce temps estoient, eulx virent et leurent ung livre qui fut ars au desrain feu de Nostre-Dame d'Amiens. Et fut le feu en l'an de grâce mil CC L VIII, le vigille saint Fremin le Confès, appès aoust (1).

» Et ung de leurs disciples, lequel bien entendoit le latin, que par luy, que par ses maistres qui souvent lisoient et recordoient ensamble, mist le latin en romant, sans nul mensoingne.

» Et quant le matière fut mise en romant, tesmoigna le boin chancelier qu'il avoit veue la matière et lute en ung livre qui fu ars, trente ans après le peurent tesmoigner li clers d'Amiens. »

Il serait trop long de nous expliquer ici sur la valeur que peut avoir le *Roman d'Abladane*, soit comme œuvre littéraire, soit comme document historique. Le P. Menestrier, jésuite, a écrit dans ses *Recherches curieuses du blason et de l'usage des armoiries* (2), que ce roman, dont il avait dû la communication au célèbre Du Cange (3), était une *fable*, un roman rempli de *plusieurs impertinences*.

C'est possible, répondrons-nous au P. Menestrier ; le roman d'Abladane peut n'être, comme vous le prétendez, qu'un ramas de fables et de fictions, mais ce roman que vous traitez si mal n'en est pas moins pour nous autres habitants d'Amiens

---

(1) Il est fait mention de ce feu dans les *Olim du parlement de Paris*, publiés par M. le comte Beugnot, in-4°. Paris, 1839-1848, 4 vol.

(2) In-12, 1673.

(3) C'est sur cet exemplaire de Du Cange, qui appartient aujourd'hui à M. le comte de Mailly, ancien pair de France, que nous avons tiré les extraits du *Roman d'Abladane* publiés, par nous, dans la *Picardie*.

un document fort curieux et fort rare, et c'est pour cette raison que nous en publions aujourd'hui quelques extraits.

L'auteur du *Roman d'Abladane* commence par nous faire connaître les divers noms que la ville d'Amiens a portés :

« Premièrement, dit-il, elle eust a nom *Abladane* (1), et fut une cité de grant valeur, et disoient li *Abladanois* que c'estoit le plus forte cité que fust au monde. Et le empereur de Rome disoit, quant il y entra, qu'elle estoit plus forte que nulle qu'il sceut.

» Après vous ores comment le empereur de Rome le detruisist et par quelle cause.

» Et puis fut rediffié et adonc li fust mué ses noms. Li fust appelée *Some noble* (2).....

» *Some noble* ne fust de nulle valeur al regart que Abladane le dampné avoit esté.

» Et fust Some noble destruite et eust a nom *Amiens*, et l'avoit au jour que le boin livre fut ars au feu de Nostre-Dame d'Amiens dont il est ci-devant parlé. »

Le même auteur parle ensuite de l'arrivée de *Jules-César* dans la Gaule; il nous apprend comment il voulut forcer le roi du pays de France à tenir ce royaume de lui; il ajoute qu'il

---

(1) Nul géographe, selon Pagès, ne parle d'*Abladana* ; néanmoins, ajoute-t-il, il en est fait mention sur la tablette que l'on attache tous les ans au cierge pascal placé dans le chœur de la cathédrale d'Amiens, en ces termes :

A conditâ primum urbe *Abladana quæ posteà Somonobria Ambianorum dicta est.* (MS. de Pagès, publiés par L. Douchet, in-12, Amiens, 1850, t. 1er p. 36 et 37).

(2) *Somonobria*, nom corrompu de *Samarobriva*, est sans doute l'origine du mot français *Some noble*, donné ici à la ville d'Amiens, et qu'on ne trouve également pas ailleurs.

chercha aussi à soumettre à son obéissance les seigneurs d'Abladane; qu'il leur envoya des messagers ou ambassadeurs, pour les engager à lui apporter les clefs de cette ville, et qu'après avoir vu les merveilles d'Abladane, ces députés reportèrent à César la réponse négative des habitants de la cité :

« ..... L'empereur oit conter que li seigneurs de Abladane, qui adonc estoient seigneurs de toute *Picardie*, ne vouloient tenir le cité de Abladane de nul home terriers ; ains disoient quils estoient primains seigneurs en leur terre. A ces paroles, quant l'empereur les oyt, li fust moult mus contre les seigneurs de Abladane ; et disoit qu'il ne repaireroit en Rome, jusques adonc quil seuroit se il vouroient tenir de luy.

» Et par le conseil des boins barons il manda aux seigneurs de Abladane quilz luy aportaissent les clefz d'Abladane et venissent faire homage à l'empereur, ou si che non, il venoit sur eulx, à tout ses gens et prenderoit eulx et leur cité.

» A ce message faire li empereur y envoya deux sages chevaliers.

» Cy vous tairoy des messagiers l'empereur de Rome.

» Ains vous diroy de Abladane et des saiges homes qui dedens estoient, et qui devant y avoient esté par qui le cité estoit devenue de si grant valeur. Entre les autres y avoit esté maistre Flocars, ung clerc qui avoit esté à Toulette (1) trente et deux ans, et avoit tant estudié ès ars que c'estoit le meilleur

---

(1) Tolède, en Espague, où l'on allait autrefois étudier des pays les plus lointains.

clerc d'ingremance (1) que on peust trouver en tout le monde.
Si vous parle asses devant l'Incarnation Ntre Seigneur ; mais
tout scavoit-il bien de l'avénement Nostre Seigneur quil sentoit, et le dist aucune fois à ses princes : *Que le roy des roys
venroit en terre, qui naisteroit de vierge, qui tolroit à leurs
dieux toutes leurs forces et vertus.* Et cils qui adonc seroient
qui en ce Dieu croiroient, aroient le *couronne glorieuse.* Et
pour ces paroles que Flocars avoit parlé de couronne glorieuse et de le Vierge, Offaces, ses frères, qui adonc estoit
maistre gouverneur de le cité, parla à Flocars sen frère qu'il
leur fesist aucune chose pourfitable à le cité, et aux seigneurs
qui dedens estoient. Flocars qui estoit boin clerc et maistre
d'ingremance, et qui bien avoit la grace des dieux qui mains
respons lui avoient fais, si come vous orres vers le fin de cest
livre, or fist faire une couronne moult belle et plaine de
pierres précieuses ; et par se maistrise le couronne fust pendue
en l'air, à l'entrée de le cité ; et ne scavoient nulz homes qui
soustenoit le couronne. Et dist Flocars aux maistres de le
cité, que ceste couronne penderoit en l'air jusques adonc que
le droit sire temporel vendroit à le cité. Et ainsi pendit le couronne en l'air par longtemps et estoit appelée le *couronne
glorieuse.* Après fist faire ung ymage de femme moult belle et
moult riche là où il avoit assis or et argent et pierres ; et estoit l'ymage si propre que ressembloit une feme toute vive.
Et fut mis l'ymage en ung cassis qui enrooloit l'ymage si
come ne le voioit point. Et fut posé l'ymage aux murs de le
cité, sur une des portes de le part où le couronne estoit. Et
estoit tournée devers le cité et l'appeloient les gens de le cité
le Vierge et le aournoyent moult souvent, et le tenoient en

---

(1) En fait de nécromancie.

grant chierté. Et avoit escript es cassis de l'ymage que quant le sire de le cité vendroit, que le ymage se tourneroit vers luy et ouvreroit ses casses, et montreroit sa beauté et ses grans vertus. Et Flocars avoit bien affermé que ainsi seroit-il ; et que le Vierge, à ce jour, feroit les plus belles vertus que on eust trop longtemps veues ; et si fist elle, si côme vous orres ci apres. A celle meisme porte de le cité Flocars avoit fait faire deux gargouilles de cuivre ; l'une d'une part de la porte, et l'autre d'autre part, qui estoient de telle condition que si aucuns venoient pour entrer en le cité, ou s'en volsist faire sire par force, les gargouilles gettoient parmi leurs gueules un si orrible venin et le lanchoient si loing, que ceulz estoient si envenimez du venin quelles gettoient quilz les en convenoit morir. Et le venin Flocart l'avoit détrempé ès tombeaux, et par se maistrise le faisoit lancher ès gargouilles. Se estoit escript desseure le porte que quant le sire de le cité vendroit l'une des gargouilles getteroit or et argent. Et quant Flocars eust fait toutes ces choses en l'onneur de le cité, il deust morir. Si volt que on l'en fouist entre le cité d'*Abladane* et le *castel* que la près estoit (1), et puis fut le lieu là où le castel estoit appellé *Castillon en Amiens* (2). Et ne volt mi Flocars estre enterré là où on enterroit les autres communement. Et

---

(1) La position d'*Abladane* près du château d'Amiens, qui se trouvait en partie sur la place de la Mairie actuelle, ne s'accorde pas avec ce que portait la tablette du cierge paschal qu'elle aurait existée *in iis locis ubi nunc sanctorum Achei et Acheoli monasterium cernitur.* Et Pagès, renchérissant sur la tradition, va jusqu'à prétendre « que les tombeaux qui se trouvent dans le clos fermé de haies vives, planté d'arbres fruitiers, situé à Saint-Acheul, sont ceux des habitants de l'ancienne ville d'Abladane. »

(2) Voy. sur le castillon notre *Histoire de la ville d'Amiens*, et celle du P. Daire.

Offaces, sen frère, luy demanda pourquoy c'estoit? Flocars
luy respondit que c'estoit le lieu où le vraye vierge seroit ho-
nourée, et le vraye couronne y seroit aportée. Offaces, sen
frère, ne s'eust mie de quel vierge ne dequel couronne il parloit ; mais Flocars le sentoit bien. Et cil qui cest escript fist et
sen compaignon trouvèrent que ce tombeau fust aux *Frères
de Saint-Jacques d'Amiens* (1). Et le boin chancelier l'af-
fermoit ainsi pour bon, car il parloit souvent de ceste matère,
et ilz leurrent en l'épitaphe du tombel ces paroles :

*Cy gist Flocars, le souverain maistre de Toulette, qui fist
en Abladane le couronne glorieuse et le Vierge aornée.*

Et ce saxolus (2) trouva aux frères prescheurs ung bon
homes qui y avoit en le *rue des Quevaulx* (3), qui avoit a
nom Fremin, qui se venoit de querir les pierres en terre quy
y estoient, dès donc que Abladane fust destruite si come vous
orres. Cils Flocars laissa ses livres à ung boin maistre qui
avoit nom Boèce, mais si boin maistre n'estoit-il point, come
Flocars, car il estoit de josne aage. Et fust Boèce moult beau
chevalier et eust feme moult belle et josne, et de celle il avoit
une fille de l'aage de xii ans, qui ot a nom *Margotte*, et li
estoit le plus belle chose qu'on peust trouver, et li croissoit
toujours en bel. Offaces, le frère Flocars, morut, li laissa à
tenir ses villes de Picardie, et ses castiaux et toutes ses rentes
et cités à xii liculx quil avoit vivans. Le aisné at nom Offaces,
ainsi com son père. Cilz estoient tous seigneurs de la ville
d'Abladane, et Boèce estoit gouverneur au jour que li dex che-

---

(1) Voy. sur ces religieux les *Histoires d'Amiens*, déjà citées.
(2) C'est-à-dire cette pierre.
(3) La rue aux Quevaux était celle des Jacobins.

valiers vindrent en message à le cité de par l'empereur de Rome, si come il est ci-devant dit.

» Or escoutes du message que le empereur envoia en Abladane.

» Li messagiers coururent tant par leurs journées qu'ilz vindrent à le cité d'Abladane. Et quant ilz y furent, il conterent bien et bel le message et le mémoire qui leur estoit carquié. Les seigneurs de le cité prièrent aux messagiers quilz demourassent ce jour jusques à lendemain, en le cité, et il se conseilleroient ensemble. Si responderoient adonc au message ce que leurs consaulx leur apporteroit. Li messagiers le tinrent ainsi, et le gouverneur comanda à Julius (second fils d'Offaces), quil leur fesist compagnie et quil les fesist moult très bien à aisier, et le fict-il. Li messagiers dirent que ilz vouldroient veoir les nouvelles de le cité, et Julius les mesna partout. Et quant ils virent le couronne qui pendoit en l'air, si s'esmerveillerent moult ferment. Julius leur dit et conta comment li boin maistre Flocars le avoit fait, et comment le couronne descenderoit au chief du seigneur qui, par droit, deveroit estre sire de le cité. Après Julius leur monstra les deux gargouilles de cuivre qui envenimoient ceulx qui, par force, voldroient avoir le cité. Et lurent li messagiers les lettres qui disoient que quant le seigneur de le cité vendroit, l'une getteroit or et l'autre argent. Et de ces choses s'esmerveilloient moult ferment li messagiers qui ce virent ; et demandèrent à Julius se nulz haulx homs n'avoit onques volu entrer en le cité par force, pour estre sire de le cité ? Et Julius leur respondit que le filz au roy de Gaulle y estoit venu à tout sen fort ; mais les gargouilles l'envenimèrent ainsi come il deust entrer en le porte, si en morut. Et puis, nul ne sy osa embatre pour avoir la seigneurie de Abladane. Après Julius mena hault aux murs li messagiers pour aourer le vierge qui avoit ung capitel dessus pour les vens et pour les orages. Et virent li messagiers les lieux qui disoient que quant le seigneur de le cité vendroit que l'image se tourneroit devers lui, et ouvreroit ses casses. Et si s'esmerveillerent fermeent de ce que ilz veoient et de ce que Julius leur dist et conta (1). Et pensoient bien que l'empereur avoit si grant coeur que il ne laisseroit pour riens quil ne fesist l'ensay (l'essai) de lui mesme......

» Et quant ils ont bien veu le cité et toutes choses, si prisent moult fermement le cité et disent que c'est le plus forte qui soit au monde, mais n'est mie si grande que Rome. Après ce les messagiers sout venus à leur ostel et Julius avec qui moult bien les fist aisier.

» Lendemain, quant ilz furent levez, se vindrent à l'ostel du gouverneur pour oir le response aux bourgois. Les bourgois estoient illec tous ensemble, et avoient jà prins consiel de respondre aux messagiers :

» Et leur devisa-on que se il advenoit ainsi que le couronne qui pendoit en l'air descendit au chief (de l'empereur) il seroit couroné et sire de le cité, et autrement NÉANT.

» Et quant li messagiers eurent oy la response des seigneurs d'Abladane, si prindrent congié et errerent tant par leurs journées quilz vindrent où l'empereur estoit et lui rendirent le response que li seigneurs d'Abladane avoient fait. A donc, a dit l'empereur qu'il ira à le cité et fera l'ensay. Aucuns de ses gens dirent qu'il y avoit moult de péril. Ung

---

(1) Voici comment le P. Daire s'exprime sur ce point : « Il leur raconte ce qui concernait la figure de la Vierge, *devant laquelle ils firent leur prière.*» (*Histoire littéraire*, page 44.) Cette dernière phrase n'est pas, que nous sachions, dans le texte, et ne doit pas s'y trouver.

sage homs de sa compaignie, qu'il créoit moult li dist : Sires allès à le cité d'Abladane, car come Rome e mere et maistresse de toutes les autres cités , est li sires de Rome, *par droit*, sires de toutes et doivent estre entièrement à lui. Et sachies que le couronne descendra au vostre chief et le belle Vierge vous fera moult grant feste, à l'entrer en le cité, et or et argent sera bien espandus en l'onneur de vous. Et sachies, dist (aussy) un agié home à l'empereur, que li Dieux vous saront moult ferment malvais gré si vous ny ales, car je l'ay veu en leurs respons. »

Un conquérant tel que Jules-César ne pouvait bien certainement pas tenir à de si vives instances; aussi, comme nous l'apprend encore le roman, se décide-t-il à marcher vers Abladane. Il paraît aux environs de cette ville, et aussitôt l'image se tourne de son côté. Il entre dans Abladane, et la couronne vient d'elle-même se poser sur sa tête. Les Abladanois se rendent, enfin, à de pareils signes; ils présentent les clefs de leur ville à César, qui les accepte sans doute de grand cœur, puis leur prête serment devant l'image et passe huit jours chez eux. Ce délai expiré, il les quitte, en laissant toutefois une partie de ses troupes dans la ville et le château, et marche avec le reste contre les habitants de Montreuil, qui ne voulaient pas reconnaître l'autorité de l'empereur de Rome. Voici comment l'auteur du *Roman d'Abladane* raconte ces divers faits :

« Li empereur fut moult liez de ce que le sage home lui ot dit. Si fist arouter ses osts à venir vers Abladane, et vindrent à une lieue près de le cité, une matinée à l'eure de prime, et à icelle heure l'image se tourna pardevers le partie où l'empereur estoit.... Et quant les bourgois de le cité virent que l'image s'estoit tournée, ils sceurent bien quilz aroient seigneur, si en furent moult courroueiés.... mais ils n'en firent point le semblant... Ains se appareillèrent tous encontre l'empereur... et quant ils vindrent à l'empereur, ilz le saluèrent moult hault, et lui vouldirent rendre les clefs de le cité et lui dirent que l'image s'estoit tourné vers lui. Li empereur dit : *Que les clefs ne prendroit mie jusques à donc qu'il les derroit prendre par droit, et qu'il leur quitteroit le cité et toute le seignourie, si le couronne ne lui descendoit en son quief.* A donc retournèrent les bourgois avec li empereur, et quant l'empereur vint à l'endroit là où le couronne pendoit, si vist que elle se abaissoit... et se assist tantost en son quief. A donc li baillèrent li bourgois les clefs de le cité, et li firent homage et il le receut. Et tantost l'image ouvry ses casses et lui montra toutes ses beautez..... Adonc le aoura li empereur moult dévotement ; et quant il eust fini son oroison si prièrent li bourgois à l'empereur que il leur fesist le serment devant l'image de eulx et le cité garder, si come bon sire doibt faire à ses subgetz, et ce fist-il devant l'image. Et quant il eust fait le serment a donc esleva l'image en ses deux mains et comencha à getter roses à grant plenté aval entre les gens. Et quant ce virent, si s'esmerveillèrent chacun doù ces roses venoient, et li empereur en avoit moult grant joye. Les gargouilles qui oncques n'avoient getté fors venin, lanchoient si roidement l'une feuilles d'argent, et l'autre feuilles d'or, entre les gens, que chacun s'en estonnoit. Li empereur attendi une pièce pour veoir ces merveilles à l'entrée de le porte. Et quand il fut entré en le cité et ses gens, après lui, se resserrèrent ces merveilles, et li empereur et toutes ses gens furrent moult noblement aisié en le cité....

» Quant li empereur eust sejourné viii jours dedans *Abla*

dane, se vindrent nouvelles que li bourgois de *Monstrœul* estoient courroucés de ce que li bourgois de Abladane s'estoient mis en la subgection de l'empereur, se en eust l'empereur moult grant despit, et dist : Que n'entreroit à Rome si aroit mis ceulx de Monstrœul à raison. Briefvement il leur manda quilz lui venissent faire hommage où, si ce ne faisoient, il yrait sur eulx à tous ses gens. Li messagiers qui y alleirent rapportèrent des bourgois de Monstrœul *qu'ilz ne feroient rien pour l'empereur de Rome*. A donc fist l'empereur appareillier toutes ses gens, pour aler sur ceulx de Monstrœul, et li meisme ala avec ses gens; mais tant fist-il qu'il laissa une partie de ses gens en Abladane et ses trésors. Et aucuns de ses gens demourerrent en ung castel qui estoit en costé d'Abladane, duquel castel il est pardevant parlé. »

Mais pendant que l'empereur était occupé au siége de Montreuil, les Abladanois ayant eu à se plaindre des vexations que se permettaient, à leur égard, les soldats restés dans la ville et le château d'Abladane, résolurent de les massacrer tous au signal donné le jour d'une fête. C'est encore ce que l'on voit par les passages suivants :

« Entrement que l'empereur fust au siege à Monstrœul pour prendre la ville.... ceux qui estoient demourés (en Abladane) estoient de moult diverses manières, car se il veoient aucunes belles femes, en le cité, ils en voloient faire leur volenté, et en faisoient tant que cilz de le cité se repentoient de ce qu'ilz avoient oncques rendu les clefz à l'empereur; car souvent aloient aux plaintes à l'empereur des meffais que ses gens faisoient en le cité et ne le faisoit point amender. Si s'en doloient ceulx de le cité et disoient qu'il ne gardoit mie le serment qui leur avoit fait, quant ils luy rendirent le cité d'Abladane.....

» Et advint un jour que li bourgois se dirent tous qu'ilz ne souffriroient plus et prinrent conseil ensemble quilz feroient crier une belle feste entre le cité et le castel, à une certaine journée, et là seroient toutes les dames et les demoiselles de le cité et feroient moult belles charolles. Si que tout cilz qui estoient au siege l'empereur à Monstrœul le sceurrent, tous les bons compaignons qui onques avoient mené ribaudie et luxure en le cité d'Abladane furent à cette feste. Li seigneurs d'Abladane, premièrement Boèce, le gouverneur de le cité, Offaces, Julius et tous li autres grans seigneurs de le cité qui moult se douloient du despit que les gens de l'empereur leur faisoient, prinrent conseil ensemble et dirent que le jour de la feste ils ochiroient tous leurs anemis et at ce se accordèrent. Et si garnirent le cité dedens le jour moult souffisamment de vitaille tant quilz dirent que se l'empereur demouroit entour Abladane xx ans, et ilz gardaissent le cité en autre manière, n'eussent-ilz mie deffaulte de vitaille....

» Et quant le jour vint que le feste et les charolles durent estre entre Abladane et le castel, li bourgois d'Abladane y envoierrent les dames et les damoiselles de le cité. Et puis se aornèrent moult noblement dessoubz leurs *garnemens* (1), si vindrent aux charolles (2) qui grandes estoient dehors le cité. Et leur fu commandé que jusques à donc que Boèce se mouveroit, que nulz ne se meust. Et fut ordonné que une des parties de eulx fust devers le castel, si que les gens de l'empereur voulsissent venir à refuge quilz ny peussent entrer. Quant

---

(1) Etrange emploi de termes en usage au XIII° siècle, lorsqu'on parle d'événements survenus à une époque beaucoup plus reculée.

(2) Ce mot et plusieurs autres sont écrits de diverses manières dans le MS. de M. le comte de Mailly ; l'ortographe varie presqu'à chaque page.

Boèce vit le chevalier (1) qui tenoit à le charolle le main de sa femme, si fust moult meus... Li sacqua son espée et li coppa le teste. Ung josne damoiseau de le cité qui moult aimoit Margotte, vist que le filz l'empereur tenoit à le main Margotte, si fery le filz à l'empereur et le fendi jusque es dens. Adonc s'acquerrent cils de le cité leurs espées, si comencherent les gens à l'empereur si menu à décopper quil n'estoit homs vivans qui n'en eust grant hisde (2)... Et cilz sen vouldroient fuir au castel, mais ilz ne leur valu néant, car l'entrée du castel estoit bien gardée.

» Illec perdit l'empereur le moitié de ses gens qui estoit venus à celle feste. Li bourgois de le cité entrèrent dedens le castel et si emporterent querques et y trouverrent de l'or l'empereur. Et hault en une tour se enfermerent iii ou iiij des gens de l'empereur; li bourgois bouterrent le feu dedens le castel pour ce que l'empereur ny eust nul aisement. Si fu tout ars l'image qui fut osté de dessus le porte et le couronne. Et puis se retirerrent li bourgois en le cité et appoierrent bien les portes et les frumetures de le cité, si ne doubtèrent nul home. »

En apprenant cet odieux guet-apens, l'empereur fut fort irrité contre les Abladanois; il jura d'en tirer une terrible vengeance, et vint assiéger leur ville. Il s'en rendit maître à l'aide d'une ruse de guerre que lui suggéra un traître, fit mettre à mort ses habitants et détruire tous ses édifices. Le roman rapporte ainsi ces tragiques événements :

« Quant l'empereur sceut que cilz d'Abladane avoient

---

(1) C'était, comme nous l'apprennent les pages précédentes du manuscrit, un grand seigneur fort amoureux de la femme de Boèce.

(2) Grande horreur.

occis son filz et tous ses gens qui avoient esté à celle feste, si fu plus courouciez qu'avoit esté oncques en sa vie. Si jura sur tous ses dieux quil fist apporter devant lui qu'il asserroit Abladane à son pouvoir et quil ne se mouveroit de le cité jusques a donc que tout cilz d'Abladane seroient destruis et toute le cité abatue en terre. Et se jura que le cité seroit arrasée ix coutées de terre dessus tous les édifices abatus. Et si en advint-il come vous orres ci après. Ainchois qu'il se departesist du pais l'empereur fist laissier le siège de Monstrœul et vint assoir Abladane de toutes parts, et manda tant de gens quilz n'estoit nulz qui le sceut nombrer...

» Si fist assaillir le cité et getter pierre et mangoniaus et lever eschielles, mais rien ne valut, car cilz de le cité se deffendoient bien et se tuèrent plente de gens de l'empereur.

» Li empereur fist cesser l'assault moult dolent.

» A donc vint Alfricans (1) à luy. Se lui dit : Sire nulle force ny a mestier. L'empereur parla à Alfricans quil le conseillat...... Sires, dist Alfricans, vous feres eslongnier vostre ost et feres entendre au plus de vos gens que vous vous voles repairer en Rome, et que vous avez plus cher à laissier le cité que à perdre l'empire de Rome (2) ; si monstreres semblant que l'ost s'en voist, et vous feres embusquier mil chevaliers des mieulx eslus ès bos de *Val Sainctinois* (3), et li bourgois quant il verront l'ost departir et qu'ilz cuidront que l'ost soit eslongié, si s'eslargiront et ouvriront les portes et envoiront les bestes en pasture ; adonc se seront li chevaliers embusquiés

---

(1) Cet Alfricans était un des bourgeois que les seigneurs d'Abladane en avaient fait sortir ainsi que beaucoup de menu peuple, dans la crainte de manquer par la suite de vivres, et il s'était vendu à César pour se venger.

(2) Où César avait été rappelé.

(3) Au bois de SAINS, selon le P. Daire.

en le cité. Et puis ouvreront tout et garderont les portes, et l'ost retournera a le cité.

» Li empereur prisa forment le conseil Alfricans ; si ouvra en le maniere quil lui fut conseillié. Cil de le cité quant ilz virent l'ost eslongnier se yssirent et firent aller les bestes en pasture et ouvrirent les portes.... Une matinée si come les bestes estoient yssues de le cité, entrerent les chevaliers qui estoient au bos embusquiés en le cité, et crièrent *à le mort !* *à le mort !* et si hault que tout l'ost l'entendi. Se retourna le empereur et toutes ses gens à le cité le plustost qu'ils peurrent. Tous cilz de le cité furent occis, et tous les édifices furent abatus en le cité et arse à terre. Et aporta on tant de terre dessus les édifices abatus que le terre où le cité avoit esté, fut crute et surmonta les édifices abatus IX coutées de hault, pour le serment l'empereur avérer. »

N'ayant eu l'intention de publier, dans la Picardie, que quelques extraits du *Roman d'Abladane,* d'après le manuscrit appartenant à M. le comte de Mailly, nous avons dû laisser de côté plusieurs épisodes curieux, mais qui nous ont semblé embarrasser le récit et rendre la narration traînante. Un jour, peut-être, offrirons-nous en entier ce roman au public ; si cette publication a lieu, nous joindrons au texte les variantes que nous pourrions découvrir dans d'autres manuscrits.

H. Dusevel,

de la Société Impériale des antiquaires de France.